눈물속에 내幸福이······

18세 때 일기장 표지

남자의 일생

초판 1쇄 발행 2018년 9월 15일

지 은 이 김치동
발 행 인 권선복
편   집 전재진
디 자 인 서보미
전 자 책 서보미
발 행 처 도서출판 행복에너지
출판등록 제315-2011-000035호
주   소 (07679) 서울특별시 강서구 화곡로 232
전   화 0505-613-6133
팩   스 0303-0799-1560
홈페이지 www.happybook.or.kr
이 메 일 ksbdata@daum.net

값 15,000원
ISBN 979-11-5602-649-5   03810

Copyright ⓒ 김치동, 2018

도서출판 행복에너지는 독자 여러분의 아이디어와 원고 투고를 기다립니다. 책으로 만들기를 원하는 콘텐츠가 있으신 분은 이메일이나 홈페이지를 통해 간단한 기획서와 기획의도, 연락처 등을 보내주십시오. 행복에너지의 문은 언제나 활짝 열려 있습니다.

남자의 일생

김치동 지음

바람 같고 구름 같더라

도서
출판 행복에너지

인생이란 다만 걷고 있는 그림자

주어진 시간에

무대에서 서성대다가

다시 나타나지 않는

초라한 광대에 불과하다.

— 셰익스피어, 『맥베드』 중에서

태어나면서 울지 않은 사람 있을까?
이 세상 살아가면서 눈물 한 방울 흘리지 않은 사람 있을까?

운명!

운명이란 그림자와 같은 것
운명이 나의 앞에서 앞서가기도 하고, 때로는 운명이 뒤에서
등을 떠밀기도 하더라.

길고 긴 세월을 까만 가슴으로 달려온 남자의
일생은 바람 같고 구름 같은 것을….

2018. 7. 19.

남양주시 숲 맑은 마을 청학리에서

아운雅雲 김치동

19 6 4 년 제 2-657호

합격증서

본적 전라남도

성명 김 치 동

19 4 8 년 5월 5일생

상기자는 19 6 4 년 11월 15일시행 고등학교
입학자격검정고시규칙에 의한 검정고시에
전과목 합격하였음을 증명함

19 6 4 년 12월 23일

고등학교입학자격검정고시서울특별시위원회위원장 김 원 규

제 337 호

합격증서

1610

본적정정(四杆)함
1980년 2 12일
서울특별시

본 적 서울특별시

성명 金 致 東

서기 19 48 년 5 월 5 일생

우자는 서기 1965 년 11월 13/14 일 본 위원회시행
대학입학자격 검정고시에 전과목 합격하였기에
이를 증함

서기 1965 년 12 월 30 일

대학입학자격검정고시 서울대학교위원회위원장

730년~03년0년

합격통지서

접수번호 ' 4/27

성 명 金 致東

학 과 행정학과

합력학교 서울대학교행정대학원

귀하는 1973년도 본 대학 신입생

전형에서 합격 하였음을 통지함

1973. 3. .

서울대학교 부설

한국방송통신대학장

※ 합격자는 별지 등록요령에 따라 소정 기일내에 등록을 필하지
않으면 무효가 됨.

차례

작가의 말 • 5

· 제1부 ·

- 어머니와 가난
만경강 노을빛

간재미회 • 16

못밥(모내기 밥) • 18

어머니의 눈물 • 20

길가 오두막 집 • 22

참외 • 25

장모님의 굽은 등 • 26

짬뽕 • 28

만경강 노을빛 • 30

인동초 • 32

겨울 • 34

· 제2부 ·

- 사랑 & 그리움
묵호항에 가고 싶다

가시버시 · 38

강 건너 등불 · 40

곰배령 · 42

당신은 참 좋은 사람 · 44

도영이 형 · 46

란 · 48

여승 · 50

수덕사 · 51

난향 · 52

꽃비 · 54

봉천동 · 56

봄비 · 58

국제원예사 · 60

묵호항에 가고 싶다 · 62

사진 · 64

· 제3부 ·

ㅡ풍경 & 사물

동백

간절곶 등대 · 68

2호선 강변역 · 70

강원도 옥시기 · 72

꼬막 · 74

낙화 · 76

단풍 · 78

달빛 · 80

대나무 · 82

독곡군곡(獨哭群哭) · 84

동백 · 86

등산 · 88

마당바위 · 90

모란장 · 92

물안개 · 94

벚꽃들의 행진 · 96

북 • 98

분갈이 • 100

새 • 102

새들의 노래 • 104

수락산 • 106

수선화여, 수선화여! • 108

수평선 • 110

연싸움 • 112

영산강 일출 • 114

영춘화(迎春化) • 115

오이도 빨간 등대 • 116

종달새 노래 • 118

지공거사 • 120

징검다리 • 122

징소리 • 124

청학 • 126

하노이의 밤 • 128

당신은 멋쟁이 • 130

해남 그리고 남해 • 132

홍어 • 134

배롱나무 • 136

· 제4부 ·

－사색

교회 종소리

갈무리 · 140

기적 1 · 142

기적 2 · 144

남자의 일생 1 · 146

남자의 일생 2 · 150

노년의 여유 · 152

노숙자 · 154

로또 · 156

마중물 · 158

백발 · 160

기도 1 · 162

기도 2 · 164

봄날은 온다 · 166

새벽바람 · 168

좋지 아니한가? • 170

엘리시움을 향하여 • 172

토렴(退染) • 174

토사구팽(兎死狗烹) • 176

교회 종소리 • 178

무지개 • 180

밤기차 • 182

봄맞이 • 184

새벽길 • 186

코스모스 • 188

말뫼의 눈물이여 • 190

말이 씨가 된다지 • 192

긍정의 힘 • 194

아름다운 사람 • 195

인생은 마라톤 • 196

행복한 마을 • 197

행복을 부르는 주문 • 198

출간후기 • 200

· 제1부 ·

– 어머니와 가난

만경강 노을빛

·간재미회·

삼양동 산꼭대기 동네
대일고등학교 건너편
우리 어머니의 방
덕지덕지 썩은 판자
부엌문 열고 들어가면
쉰 살 늙은 아들에게
"웠다! 내 새끼야"
반기던 우리 어머니

삼양동 시장 까만 봉지에서
간재미 풀어 놓으면
번개 같이 빠른 손길 우리 어머니
식초 냄새 코를 찔러도
뿌리고 또 뿌리고
노란 양푼 가득 새콤달콤 간재미회
우리 모자가 제일 행복한 시간
"웠다! 눈이 뻔해진다. 괴기보다 맛있다."

우리 어머니 볼이 부풀어 오르고
나는 속으로 울며 간재미를 뽈대기에 채웠다.

지금
그 어디에서도 맛 볼 수 없는 간재미회
우리 어머니 손맛을 누가 채우랴.

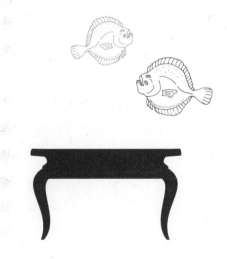

·못밥(모내기 밥)·

남도의 유월은 뼈가 녹는다.
밭뙤기 논빼미 한 평도 없던
우리 어머니의 뼈가 녹은
부잣집 모내는 날

적삼 위에 흐르는 땀
몸뻬에 젖은 설움
어머니는 이를 악물고 버티었다.
석양이 기울 때면 남겨둔 밥 한 그릇
어머니의 발걸음이 급했다.

"아가!"
막둥이 아들 부르던 어머니의 목소리
가슴에 품고 온 못밥 한 그릇
막둥이는 그렇게 먹고 자랐다.
가난이 배부르던 시절
나는 어머니의 육신을 먹고 자랐다.

어머니
나의 어머니!

·어머니의 눈물·

옷고름 풀어헤쳐
빈약한 가슴으로
자식들 끌어안고 살았습니다.

바람 불면 흔들리고
비가 오면 젖어야 하는
기댈 데 없는 막다른 골목
국향이보다 더한
여장부로 살았습니다.

한 끼가 버거운 삶
눈물 섞인 꽁보리밥보다 더 거친
악에 받쳐 살아야 하는
여자의 일생이었습니다.

가난을 부둥켜안고
끄억끄억 몰아 쉰 숨소리

묵언으로 버틴 비명
찢어지는 단장의 한

오늘도
어머니의 눈물줄기는
영산강 강물로 넘실댑니다.

· 길가 오두막 집 ·

저 멀리 두륜산
산그림자 길게 드리우면
길가 오두막 집
검정고무신 아이는
오심재를 바라보며
어무니를 불렀다.

바람꽃이 전해오는 짙은 그리움
뒤안 대나무들의
소슬한 흐느낌.
그리움을 깨우는
또박또박 고무신 발자국 소리

아가!
어무니의 목소리는 늘 급했다.
아이는 눈물 콧물로
생선 비린내 어무니의 볼을 비볐다.

청상과부 우리 어무니는
생선 바구니에
자식들의 운명을 이고 다니며
한 맺힌 가슴앓이로 흐느끼는
앙상한 대나무였다.

호롱불 밝혀지면
생선 바구니에는
행복한 양식이 내려지고
그 비릿한 행복을 받아먹으며
아이는
세상을 버티는
또 다른 대나무가 되었다.

저 멀리 두륜산
산그림자 길게 드리우면
길가 오두막 집
검정고무신 아이는
오늘도
오심재를 바라보며
어무니를 부른다.

·참외·

여름 뙤약볕에 긴 댓줄 달고
달짝지근한 향기로 찾아온 참외
농부는 너를 애지중지 키웠겠다.

대한민국의 여름 대표과일이지만
하기야 지금은 하우스에서
사시사철 노란 빛깔로 태어난다지.

개구리참외
까치참외
옛 참외는 사라지고 새로운 참외로
우리의 새로운 입맛을 돋운다.

골 패인 줄 따라 쓱쓱 칼질하면
하얀 속살이 싱그럽고 다디달다.
참외를 좋아하신
우리 어머니의 모습이 떠오른다.

·장모님의 굽은 등·

세월은 이토록 잔인하던가요.
세상 두려울 게 없던 우리 장모님
당당하고 곱던 모습
세월의 파도에 무너지고
지금은
깃털 같은 육신으로
세상 끝 어딘가를 걷고 있네요.

먼저 간 자식 그리워
발자국 찾다가 굽어진 등
오랜 슬픔 구부려
먼 산의 능선으로
부드러운 곡선으로
남은 생을
등에 업고 가시려는가요.

그 따스한 등에 업혀

잠들고 싶은 마음
쓸쓸함은 안으로 품고
세상으로는 순한 언덕 내어놓고

천천히 걷고 걸어
조금씩 잦아드는 여생
자식들 위해 살아온 봉분 하나
남모르게 따스한 등
할미꽃 우리 장모님

· 짬뽕 ·

진하게 우려낸 육수보다
더 진한 짬뽕의 전설을 보았는가?

나는 보았다.
한 그릇 짬뽕으로 세 식구 먹는 모습
어린 것은 엄마도 먹으라지만
엄마는 배부르다며 국물만 마셨다.

아!
끓어오르는 슬픔에
먹던 짬뽕 팽개치고
밖으로 나선다.
찬바람은 옛날 가난의 상처로
내 가슴을 후빈다.

어머니
우리 어머니

당신은 배곯으며
못밥 얻어 품에 안고와
자식들 먹이던 시절 있어
가슴 저립니다.

오늘
짬뽕에 전설이 스며든다.
눈물진 국물이 저미도록 짜다.

·만경강 노을빛·

징게맹게 너른들
만경강에 노을 비끼면
우리 어머니 깡마른 어깨는
팻국물로 앓았다.

쉰내 나는 옹색한 삶
만경강 흐르는 물도 들썩이었다.

배고픈 설움에 허덕이던 강가에
물억새가 우솨솨 울부짖으면
물총새는 제 집 찾아 하늘 날았다.

누렁소 으음메 엄마 품을 그리면
배부름이 꿈같은 그 강가에서
마른 코딱지 같은 꾀죄죄한 삶으로
우리는 마디마디 설움을 삼켰다.

징게맹게 너른들
지평선에 해가 핏빛으로 기울면
만경강은 그리움과 설움으로

회한어린 눈시울 감추며
못 다한 노래를 품고 흐른다.

· 인동초 ·

삼동三冬이 하이얀 겨울
희미하게 사라지는 모진 삶을
덩그런 불덩이
정열로 태운다.

높고 높은 가지 위
사시랑이 같은 몸으로
모진 겨울을 파랗게 질려 견디는
인동초의 고향은 어디인가?

잔설 속 깊은 곳
나의 원적지 우리 어머니처럼
세상풍파 다 견뎌온 인동초
남에서 봄바람 일어오면
더 푸르리라.
더 더 푸르리라.

나
또한
인동초처럼
사시사철 푸르리라.

· 겨울 ·

겨울은
그저 눈물이었습니다.
그저 한숨이었습니다.
아니
절망이었습니다.

문돌쪽에
손이 쩍쩍 얼어붙은 겨울이면
가난한 우리 어머니의

한숨 소리는

어린 가슴을 에었습니다.

어머니!

몹쓸게도 가난했던 우리 어머니

배고픔의 세월이 그토록 길었건만

이제

겨울이 결코 춥지만은 않네요.

어머니!

뱃살 무거운 지금

무주 스키장에서

겨울바람을 가르고 있습니다.

겨울이 결코 춥지만은 않네요.

· 제2부 ·

— 사랑&그리움
묵호항에 가고 싶다

·가시버시·

죽어라!
말아라!
헤어지자!
남남 되자 하면서도
내일이면
언제 그랬냐 이어 가는 인연

세월 지나면
미운 만큼
안쓰럽고 측은한 마음

부부
하늘이 맺어준 인연
용서하고
사랑하며 살아야지

떠나면 날개 잃은 외로운 새

지금

아내를 사랑하는 나

긴 세월 우리는 사랑하는 부부

미운만큼 더 사랑하는 우리 부부

·강 건너 등불·

아스라한 옛날
사랑은 전설로 피어나고
슬픈 인연은
눈물로 머무나니

너와 나의
세월의 벽은
지금
고통으로 남는다.

그대는
강 건너 등불
빈 가슴 밝혀다오
아쉬운 내 사랑이여

내 영혼
물에 잠겨도

그대 향해 떠나리라
목숨 지우리라.

사랑은
끝없이 슬픈 이야기
사랑은
한없는 아쉬움

아!
내 진정 사랑하는 그대는
강 건너 등불

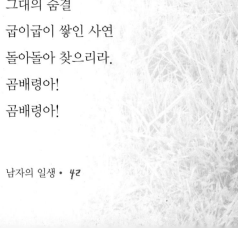

· 곰배령 ·

설악산 대청봉에 부는 바람이
점봉산 휘돌아 곰배령에 머물면
그리움에 눈물 젖어 찾아간
천상의 화원

사랑아
들꽃으로 피어나 우리 함께하자
나는 강선계곡 신선되어
너를 기다리리라
불어오는 바람결에
나의 소식 보내리라.

곰배령에 부는 바람
그대의 숨결
굽이굽이 쌓인 사연
돌아돌아 찾으리라.
곰배령아!
곰배령아!

·당신은 참 좋은 사람·

당신은
인생의 긴 여정을
외로운 듯
힘차게 가는 사람

당신은
보이지 않는 곳에서
눈물 흘리며
언제나 미소 짓는 사람

당신은
삶의 무게 그리 무거워도
밤길
마다하지 않는 사람

당신은
진정 배고픈 사람에게

눈물빵 건네며
함께 울어주는 사람

당신은
사랑하는 사람에게 버림받아도
결코
미워하지 않은 사람

당신은
참 좋은 사람

스치는 바람에
사랑을 노래하며
고요한 달빛에
타인을 위해 기도하는

당신은
참 좋은 사람

·도영이 형·

시인이 되리라 몽당연필 굴리던 형
지금 시인이 되었나요?
술 한 잔에 추억 삼키며 눈물 감추던 그 모습
보길도가 고향이랬죠?
섬에서 태어나 섬 그림자 되고파
이름이 島影도영이라 침 뒤기던 형
오래 전엔 섬 주인이었다고 허풍에 감격하며
리어카에 고물 싣고 노래하던 형
모란시장 모퉁이 막걸리에 취하면
시인은 가난해야 진정 시인이라며
가난을 찬미하던 도영이 형

지금은 어디에서
하얀 머리카락 휘날리며 가난을 줍고 있나요?
진솔한 뜨거운 시어들로
인생을 노래하는 시인이 되었나요?
가난한 시인 형이 그리워

모란시장을 헤매어도 추억만 밟힙니다.
형이 마시던 막걸리에
그리움을 타 마십니다.

· 란 ·

주작산 바위틈
바람과 비와 태양을 보듬고
다소곳 수줍게 자란
란

부드럽게 아래로 휜 잎새
곡선의 느긋함이 놀랍다
화려하지도 않고
수다스럽지도 않은
잎의 단순함

빛을 불러 모아
은은한 향기를 머금고
상앗빛 꽃을 피운다.
맑은 영혼으로 피어난다.

사람들은

고고한 자태와

은은한 향기에 반해

너를 찾아 천리만리 헤맨다.

나의 첫사랑 란

·여승·

바람이 스쳐가고
산새 홀로 드나드는
열린 법당

파르라니 번지는 속세의 정
선연한 그리움 접어두고
두 손 모은 가냘픈 염원

― 그리운 사람 어디 두고
깊은 산속 맑은 바람에 우는가?
꽃도 산새도 마음 아파라.

적막에 가슴 적신 목탁소리
꿇어 앉아 우는 여인이여.
속세 떠난 그리운 사람이여.

·수덕사·

산꿩이 나래치고
도라지꽃 웃는 길
가지취 내음 안개처럼 피는데
수덕사 가는 길 멀기만 하네.

서방정토 극락길이 예부터 열리는가.
설렌 맘 옷깃 여며 법당에 들어서니
그윽한 풍경소리 설운 마음 달래주네.

그 무슨 사연으로 잡는 손 뿌리치고
속세 떠나 법당에서
두 손 모은 여인이여!
돌계단 하얀 고무신에
떨어지는 내 눈물

·난향·

설한을 견딘
청잣빛 대란치마
청아하고 은은한 아름다움

꽃망울 품은
상앗빛 노리개
단정하고 아담한 그 향기

신비롭고
경이로워라.

겸손한 마음으로 다가서서
소란스럽고
세상 넘치는 분노를 삭인다.

천상의 향기 앞에서
어찌

사나운 생각을 하겠는가?

난향은
사랑하는 사람의 마음
내가 사랑하는 여인의 향기

· 꽃비 ·

낮붉힌 햇살 한 자락
구름에 가리면
솔솔한 바람결에
흩날리는 꽃잎

모진 겨울 이겨낸
마디마디 순결의 꽃잎
새살 돋는 가슴앓이로
꽃비 되어 나부낀다.

꽃은 순간에 피어올라
가슴 벅찬 기쁨 주고
꽃물 든 나비되어
알몸으로 흩날린다.

어디에 하소연하랴!

넋으로 떨어진 저린 가슴
아쉬움 여미고
가만히 그리움 새겨
꽃비를 맞는다.

· 봉천동 ·

하늘 받들어 살라는 동네
장승백이 지나 봉천동 고갯길
산 101번지 가마니촌은
남도 가난뱅이들의 아우라지였다.

호남선 경부선 장항선
야간열차 열차마다
서울사람 되겠다고 밀려든 사람들
옹색하고 뼛속까지 가난한 그들은
하늘 닿은 봉천동에 가마니집을 지었다.
봉천동은 그들을 품었다.

쌀 한 됫박에 행복하고
연탄 한 장에 따스했던 그 시절
가난도 절망도 두렵지 않던 세월
봉천동은 제2의 고향이 되었다.

관악산은 더 높이 살라 손짓하고
봉천동 사거리에 사연들이 오고가는데
서울특별시 지방행정서기보 발령장 들고
봉천동에 자리 잡은 말단 공무원
그래도 행복했던 그 시절
스물아홉 살 봉천동이 그립다.

29살 공무원 시절 체육대회

· 봄비 ·

산허리를 간지르는
흰여울 같은 빗방울
속살거리는 소리 내어
하늘의 은총으로 내린다.

긴 겨울의 절망을 허물어 버리고
생명을 부추기는 따스한 입김으로
조용히 흐르는 낮은 물방울
봄을 기다리는 가지마다
어루만지는 손길
봄비는
그윽한 사랑으로
은은한 향기로
그리움으로 내린다.

·국제원예사·

누님
유난히 추운 겨울은
송곳 찬바람이
가난한 가슴을 에었습니다.

광화문 네거리
국제원예사
그 꽃집은
빌딩에 밀려 사라졌습니다.

감리회관 3층에는
천사 같은 누님이 늘 계셨지요.
진정한 사랑으로
복음을 전하시던 누님의 모습
먼 이국으로 가신 지 오래입니다.

봄의 라일락으로

여름 장미로
가을이면 그윽한 국화향기로
다가선 누님
겨울이면 시클라멘을 좋아하던
그 모습에
지금도 겨울 꽃집을 지날 때면
시클라멘을 사서 가슴에 품습니다.

·묵호항에 가고 싶다·

묵호항에 가면
삶도 철학도 예술도 인문학마저도
모두 길가의 개똥이랍니다.

정치는 무슨 놈의 정치?
권력은 무슨 놈의 권력?

먹고 살기 바쁜 비릿한 냄새가
어달동 골목마다 배어있는데
서울 남대문에서 자를 대고
동쪽으로 쭈욱 선을 그으면
묵호항 까막바위에 닿는다지요.

아!
바다가 그리워질 때
왠지 엉엉 울고 싶을 때
바람이 부르는 소리에

가슴을 열고 싶을 때
그보다 성난 파도의 포효를
몸으로 느끼고 싶을 때

까막바위 위에서
바다내음 안주 삼아
술잔을 기울이고 싶네요.

가난이 아니면
가보지 못했을 묵호항
논골담길 지나
바람의 언덕에 이르면
짙푸른 동해는
넓은 가슴 내어 주고
외로울 때 오라하네요.
즐거워도 다시 오라하네요.

·사진·

빛바랜 추억들이 웃고 있다.
그리운 흔적들이 뭉클 스민다.

아쉬움과
그리움과
슬픔과
기쁨은 그대로인데

되돌아가고 싶은 세월이여!
젊은 날의 푸르름이여!
찬란한 꿈이여…

울고 싶은 찡한 가슴으로
너를 품에 안는다.

젊은 시절 부산 용두산 공원에서

· 제3부 ·

- 풍경&사물

동백

·간절곶 등대·

어둠을 쓸고 망망대해를 부르는
간절곶 등대
새해를 맞으러
간절한 소망으로 달려가면
파도는 사나운 거품을 토하며
시간을 거꾸로 몰고 간다.

수많은 별들이
바다를 향해 달리는 밤이 지나면
간절곶 등대는
밤새 충혈된 눈으로
가족들의 소망을 안고 달려온
사람과 사람들을 맞이한다.

오늘의 태양이
또 내일의 태양이련만
마음은 모두 새로운 태양을 기린다.

새해 첫날

넓은 하늘 목욕탕에서 한 해를 씻고

붉은 태양이 사람들의 함성으로 떠오르면

그제야

간절곶 등대는

긴 낮잠을 위해 간밤의 빛을 눕힌다.

·2호선 강변역·

빌딩의 불빛은 지쳐 스러지고
거리엔 시체마냥 낙엽이 뒹군다.
삶의 전쟁터에서
이긴 자도 진 자도 없이
모두가 서두르는 그들의 강변역

마지막 손님들을 태우려는
버스들의 아우성은 길게 늘어지고
지친 영혼들은 바쁜 숨을 내어쉰다.

별빛은 도시에 가려 비켜가고
하늘에는 하얀 달이
창백한 하루를 갈무리한다.

오늘에서 내일로 이어지는
깊은 밤
강변역은 수많은 사연들을 토한다.

오늘도
넓은 가슴 펴고 서 있는 강변역에
달빛이 머문다.

·강원도 옥시기·

강원도 옥시기는 7월에 영근다.

비탈진 산밭에도
기우는 자갈밭에도
척박한 운명인양
갈퀴 같은 할매손
뙤약볕을 누비면
늦여름
하늘로 치솟는 옥시기

강원도 가는 길은
옥시기 천국
알알이 박힌 정성
잔돈 몇 푼으로
찰진 옥구슬을 산다.

그뿐이랴?

쫄깃하고 고소한 맛
강원도 옥시기는
올챙이국수로 환생하고
우리들의 여름은
시골 장날처럼 풍요롭다.

강원도 옥시기는 7월에 영근다.

· 꼬막 ·

찰박찰박 매끄런 뻘밭
널배가 스르르 황금을 줍는다.
노을을 등지고 진흙 몸뚱이로
뭍에 오른 우리의 엄니들

남도의 바람과 비
작열하는 태양과 파도
드나드는 바다 짠물 뻘밭에서
갯꽃처럼 까맣게 골 패인
꼬막을 내어 놓는다.
갯벌을 어르고 길러
넉넉하게 내어 놓는다.

벌교 꼬막이
본래의 모습으로
물속에 씻기면
날름날름 손톱이 바쁘다.

입술 벌리면 선홍빛 차진 속살

입안이 즐겁다.

고향을 삼킨다.

·낙화·

봄이 오면
세상 온통 요란한 꽃소식
들뜬 마음에
길을 나선다.

아직 이른 봄날에
찬바람은 꽃잎을 흔들어
생을 다하지 못하고
떨어지는 인연이 슬프다.

꽃처럼 아름다운 연인들이
달콤한 밀어를 속삭이면
시샘하는 바람은
세찬 질투로 사방을 흔든다.

주어진 날을 침묵으로 끊고
둥지를 버리고

본향을 떠나
떨어지는 꽃잎
꽃잎은 천변만화로
바람 타고 흩날린다.

·단풍·

가을은 노을빛
노년의 계절이 물들고
만산홍엽
온누리가 현란하다.

깊어 가는 시린 마음에
천지를 물들인 단풍은
쇠락한 풀숲에서
또 다른 생명을 엮고 있겠지.

가을은 노을빛
차가운 시름 끌어안고
조용한 思惟사유가
낙엽으로 떨어진다.

조락凋落을 원망 말자.
단풍은 땅위에 별이 되어 뒹굴고

다시
새로운 생명의 밑거름이 되리니…

·달빛·

바삐 사느라 너를 잊은 지 오래였지
아니
도시의 불빛이 너를 허물었지
어디에서 떠오르던가?
희미한 기억
때가 되면 언제나
우리들을 기울여 보는 조요한 눈빛
가슴이 저릿하다.

어두운 밤 달빛
변함없이 고루 비치는 은총의 소리
온 천지는
너의 환한 미소에
금빛으로 부드러워진다.

어둠속에서도
세상에 진 게 아니고

그저 참고 사노라고 말하며

아름다운 노래로

가난한 시인에게 그리움을 안기는

달빛이여

나의 달빛이여!

·대나무·

헌걸찬 모습으로
울울창창 장하다.
곧은 절개
높은 기상
남도는 늘 푸르다.

하늘도 움찔거릴
무슨 비밀 안고
속삭이듯
바람에 사운대는가?

흔들려도 다시 서는
마디마디 굳은 깊은 뜻
바람이 스칠 때마다
부딪히며 빚어내는 소리
댓잎에 흐르는 노래
미덥고 눈부시다.

사시사철 푸른 청춘이여
너,
남도의 기상이여!
내 고향의 대나무여!

·독곡군곡 獨哭群哭·

미친개 한 마리
중천의 달을 보며 짖어댄다.

영문도 모르는 온 동네 개들이
따라 짖는다.

온 동네가 시끄럽다.
온 세상이 시끄럽다.

세상 이치가 이러하다.

·동백·

하이얀 눈이 내려앉아야
동백은 더 푸르고
사운대는 바람에 흔들려야
동백은 더 아름답다.

볼이 붉은 동백꽃은
봄을 찾는 동박새를 부르고
정열의 몸짓으로 피어난다.

동백은
입춘이 데려 온 폭설을 재우고
새들이 날아간 자리마다
봄물로 채운다.

봄은 남쪽 멀리서 달려와
동백잎에 볼을 부비고
동백은 눈발을 맞으면서도

오는 봄을 껴안는다.

그렇게
동백은
봄의 얼굴로 피어난다.
늘 푸른 정열로 피어난다.

·등산·

하늘 닿는 곳
코카서스 산정을 오르는
시지프스의 집념으로
수행하는 마음으로
자신을 달래면서
자기 최면을 거는 도전

물소리
새소리
바람소리
딛고 딛노라면
적막의 중심에 닿는 초탈의 법열

영혼은 맑고
세상은 발아래
산정은
세속의 명리를 깨우치고

다툼도 없이 홀로 서있다.

공한처空閑處가 어디랴!
구름과 바람과 하늘이 손짓하니
오름과 이룸의 기쁨이 더하다.
하늘이 가깝다.

·마당바위·

장암리 마당바위는
꼬맹이들 놀이터
수락산 마당바위는
등산객들 쉼터

마당바위는
비바람에 흔들리지 않고
넉넉한 마음으로
어느 궁뎅인들 다 품는다.

마당바위는
하늘과 구름에게 소식을 묻고
사람들에게
쉬어가라 말한다.

어느 마음 넓은 사람
마당바위 가슴 되어

꽉찬 사랑 노래하면
바람은 소리 없이 스친다.

길손과 세월도
밤이 되면
고독한 달빛을 안고
두레반 같은 풍요로운 정으로
마당바위에 머문다.

·모란장·

모란장에는
없는 것 빼고 다 있다.
작은 이쑤시개부터
농기구까지
세상 물건 다 있다.

모란장에는
먹거리 천지다.
닭, 개, 오리, 가물치, 붕어,
고등어, 갈치, 꽁치, 굼벵이

모란장에는
정말 모란꽃도 있다.
장날이면 꽃집이 달려와
야생화까지 향기를 뿜는다.

모란장에는
사람들의 살내음이 난다.
전국 각지에서 달려와
우글우글 왁자지껄
부딪히고 밀어내고

모란장에는
비실비실한 사람도
생기가 돈다.
할 일 없는 사람도 하루가 바쁘다.
진짜 살맛나는 장터다.

·물안개·

동살도 잡히지 않는 새벽
희끄무레 봄빛이 내려앉으면
어디서 피어나는가?
강가의 저 하얀 물꽃들

하늘에서 내리는 듯
강물에서 피어난 듯
살아서 스멀스멀 춤추는 물안개

북한강
남한강
남북이 만나는 강
십리길 백리길 펼쳐지는 비경에
새벽길 나그네는
강가에서 서성인다.

·벚꽃들의 행진·

저 만개
저 화사함
저 나부낌
저 눈부심

벚꽃인가?
사람꽃인가?

여의도 윤중제가 들썩인다.
바람이 꽃비를 만들고
사람들은 꽃비에 취한다.
길게 펼쳐진
눈부신 천국통로
만개한 꽃무리
수십만 개 하얀 망울이
비단깃 하이얀 적삼으로
너울춤을 춘다.

벚꽃들의

저 화려한 행진

발길 돌리기엔 너무 짧은 시간

꽃잎들은 하르르

바람에 지워지고

땅위엔 아쉬운 발자욱만 남는다.

·북·

무게 있는 삶을 살다
생애 마지막 가죽으로 남은 소
너는
동네북으로 환생하였구나!

이 사람이 때리고
저 사람이 후려치고
손가락으로
북채로 어우르고 두드리니

진양조, 중머리, 중중머리
자진모리, 휘몰이
치는 사람 흥겹고
듣는 사람 즐거웁다.

살아서도 몸 바치고
죽어서도 몸 바쳐

생애 마지막 가죽으로 남은 소

너는

무게 있는 삶을 살다 갔구나!

·분갈이·

봄비가 다녀간 뒤
산에 들에 피어난 생명들
뒷산 부드러운 흙으로
분갈이 한다.
몇 년 만인가?
물만 주고 방치했던
사랑하는 나의 새끼들

군자란은
베란다에서 추위를 잘 견디어
탐스런 꽃을 피우고
산세베리아는
작고 하얀 꽃으로도
온 집안이 향기롭다.

꽃 한 송이의 기쁨
실직 뒤의 손끝이 부지런하다.
분갈이 하는 행복이 옹골지다.

·새·

운명을 노 저어 가는 새
허공을 맴도는 영혼
삶의 그림자 찾아
퍼덕퍼덕 날갯짓

운명의 보금자리 앉으려
헤매는 긴 세월
어둔 밤 별들의 사이를
날고 또 나니
그 어디
따뜻한 안식처에서
길고 긴 전설을 얘기할까

지나간 자리에 여운도 지워지고
아득한
빛과 어둠 사이에서
외로움에 떠는 새

오늘밤도
애먼 낙오에
울음 삼키는 새

·새들의 노래·

엄동보다 더 매운
꽃샘추위 거세져도
산벚꽃이 옹송대는
푸릇푸릇 산속에서
햇살을 물어 나르며
봄빛을 찬양하는
새들의 노래

저 멀리 바다 건너
하늘 길 돌고 돌아
불다 간 바람인 듯
싱그럽게 찾아온
생명의 재잘거림

나뭇가지 마디마디
악보처럼 자리 잡아
높고 낮게 길고 짧게
조잘대는 환희의 지저귐

·수락산·

연초록 나뭇잎이
산바람에 살랑이면
피는 꽃 아름답고
지는 꽃 서러운데

한 줄기 샘물이
먼 봉우리에서 떨어지니
영롱한 방울방울
옥으로 뿜어난다.

금류폭포는
큰 함성으로 쏟아지고
은류폭포는
성난 물줄기를 재우는데
옥류폭포는
세속을 씻으려
여울로 흐른다.

도시의 까만 삶
수락산에 들어서면
새소리 물소리
온갖 시름 잊는다.

·수선화여, 수선화여!·

임 향한 일편단심 수선화로 피어나
돌담길 쓸쓸한데 로방에 피었구나.

선비의 손길이 세월에 스쳤으니
지금은 절개 지켜 피어나는 수선화여!

금잔옥대 귀하신 몸 긴 겨울 슬피 울고
찬바람 모진 풍파 가녀리게 흔들리니

눈물은 어디 두고 봄으로 피려는가?
요조숙녀 몸짓으로 그 어디에 피려는가?

수선화여, 수선화여!

·수평선·

왜 그랬을까?
성난 파도가
왕왕汪汪한 바다를 제압하고
하얀 울부짖음으로
바위를 할퀴다가
해안선을 어루만져
다시
대양을 향해 달리고

드디어
하늘과 바다가 만나는 한 줄
물과 하늘이 손 모아 그은 선

바다의 종착지 찾아 떠나면
끝내 잡을 수 없는 수평선

왜 그랬을까?
동서남북
온 바다를 헤매도
수평선은 멀어져만 간다.

·연싸움·

가오리, 호랑이, 용, 까치
연이 저마다 모습으로
하늘에 둥실둥실
구름사이 권좌를 튼다.

풀락 당길락
노프락 나즈락
연줄 한 가닥이
운명을 가른다.

여기저기 들리는 함성
서로의 연줄을 끊어야 산다.
바람구멍 뻥 뚫린 연의 운명은
연줄이 결정 한다.

권불십년!
연줄 끊어지면

허공으로 사라지는 운명
연싸움은
하늘에서도 땅에서도
지금도 진행 중

·영산강 일출·

동백꽃 유채꽃 흐드러진
삼백리 영산강 따라
나주 금강정에 오르면
고즈넉 산자락
드넓은 들녘이
넉넉한 가슴으로 안아주리니
기암절벽 솟구치고
물길 굽이굽이
용사위 치며 흐르고 흘러
머나 먼 서해로 달려간다.
일찍 떠나지 못한 아쉬움에
하루를 더 머물면
아침 영산강은 물안개를 풀어 놓아
시심을 불러오는데
어찌 그뿐이랴?
구름을 헤쳐 나온 태양은
영산강을 물들여
한 폭의 그림으로 남는다.

남자의 일생

·영춘화 迎春化·

봄을 기다리는 마음
어디
나뿐이랴?
영춘화 피는 소식
누군들 반기지 않으랴?

봄은 남녘에서 오는 것
봄잎 파릇한 남으로 가자!
행복을 주는 꽃
영춘화 찾아가자!

어사화로다.
행복화로다.
겨울 지나 봄이 오니
살맛나는 세상 되겠네.
꽃물에 젖어 살겠네.

·오이도 빨간 등대·

살아 있는 바다가 그리우면
석양 노을 고운 오이도를 찾는다.
갈매기는 사람과 사람이 좋아
오이도를 떠나지 못하고
만선을 꿈꾸는 어부들의 노래는
파도를 타고 출렁인다.

연인들이 오고 간 빨간 등대는
커다란 가슴으로 바다를 안고
거리에는 바다의 향기가 넘친다.
이카루스의 날개를 달고
하늘 높이 비상하다 추락한 검은 새
까마귀의 귀가 떨어져 만들어진 섬
전설은 새로운 전설로 이어지는데
오이도의 빨간 등대는 추억을 노래하며
또 다시 기다림으로 긴 밤을 지새운다.

·종달새 노래·

지리지리 지리리
종달새 노래
언제 들어봤던가?

잘난 놈도 속물
못난 놈도 속물
지리지리 지리리

그래도 세상에서
내가 제일 잘났지.
지리지리 지리리

창공 향해 날아오르며
구름 속 한 점으로 사라지는
수 없는 지저귐
지리지리 지리리

종지리

노고지리

운작 운작

이름도 가지가지

지리지리 지리리

저 멀리 사라지는 노래

종달새 노래

·지공거사·

지—지하철 공짜카드
공—공들여 품에 안고
거—거리에 나서면
사—사람과 사람들 속의 지공거사

노인천국 이 세상에
배낭 하나 둘러메고
지팡이 앞세우고
물통 손에 들고 아침 집을 나선다.

그제는 온양온천
어제는 용문산
오늘은 춘천
내일은 소요산

지하철 종점마다
울긋불긋 노인천하

관절통에 절룩여도
기력이 쇠하여도
마음은 청춘이라며

옛날에 취하여 지팡이를 휘젓는다.
지공거사 나가신다.

·징검다리·

징검다리는 건너야 하는 길
발아래 세찬 물결
두려움으로 흐른다.
갈 길 바쁘다고 건너 뛸 수 있으랴?
징검돌 하나 둘 셋 넷
인생이 가야 할 순서
세상 가는 데 징검다리가 있어야 한다.
부모 형제 친구들
징검돌이 되어야 한다.
발아래 물소리 들으며
하나 둘 건너면
가는 길 닿는 곳
성취의 기쁨이 기다린다.
모나지도 않고
미끄럽지도 않은 징검돌이
내가 건너야 하는 길이 된다.

·징소리·

몇 천 년 세월을
굽이굽이 돌고 돌아
골 패인 천릿길에
남자의 피울음 소리로 우는가?

후려쳐라
내려쳐라
굽이굽이 서린 한
뽑아야 한다.

주름살 골 따라
갈가리 찢겨진 설움
민소리 여울 마다
깊은 정 품어 내며
잔여운 마디마디
창공을 휘감는다.

소리여! 징소리여!
저 높은 하늘가에 닿으면
가슴속의 응어리
허공에 날려라!
우주의 소리 되어라!

·청학·

어지러운 이 세상
신선에게 묻자옵고
수락산 금류폭포에
땀방울 씻노라니
어디서 날아왔는가?
청학이 노니네.

긴 다리 푸른 날개
우아한 그 자태
선비인가 군자인가?
고고하게 앉아 있네.

그 옛날 옛적
백학 한 마리
인고의 세월 엮고 엮어
푸른 몸짓으로 천년을 살아
청학이 되었다네.

수락산 청학으로

또 천년을 산다하네.

·하노이의 밤·

월남이라 말하랴!
베트남이라 말하랴!
하노이 공항은 남국의 정취로
나를 맞는다.

한국군 파병 부대들은
머나 먼 남국 월남에서
목숨 걸고 싸웠지만
이제는 친구 나라 되어
오고 가는 길 자유롭다.

아직은 퇴색한 건물
옆구리를 치고 가는
오토바이들의 행렬
그래도
하노이의 밤은 화려하다.

뜨거운 바람이 스치면
하노이는 그들만의 냄새로
이방인을 내려놓는다.

· 당신은 멋쟁이 ·

더웁거나 춥거나
새벽을 열고
졸리운 눈으로
밤을 마감하는 당신

사랑하는 가족을 위해
핸들 두 손으로 꽉잡고
비가 오나 눈이 오나
인생을 운전하는 당신

참을 수 없는 모욕과
천근만근 밀려오는 졸음과
가슴이 탁탁 막히는 피로에도
친절을 잃지 않은 당신은
참 멋있는 사람

택시기사 버스기사 화물기사

누가

이 시대에 직업의 귀천을 말하랴

모두가 진정한 프로인 것을

시민의 발 국민의 발이 되어

사명감으로

봉사하는 자세로

웃으며 자신의 의무를 다 하는

당신은 멋쟁이

참으로 멋있는 사람

·해남 그리고 남해·

바다가 있는 곳
갯것이 넘쳐 나는 곳
동백꽃이 탐스럽고
대나무가 바람에 사운대는 곳
인심이 좋고
순박한 사람들이 정으로 사는 곳
서울에서 다섯 시간 걸리는 곳

전라남도 해남
경상남도 남해
글자 순서만 다르지
똑 같은 우리들의 고향
세월 갈수록 더 가고 싶은 곳

따뜻한 남쪽나라
똑같은 내 고향
남해
해남

·홍어·

만만한 게 홍어 거시기라구?
그런 말 하지마라.
흑산도 검푸른 바다 거친 파도 밑
절망 딛고 내공 품어
찰지고 질긴 육신으로 살아왔단다.

1. 코
2. 날(개)
3. 꼬(리)
4. 몸(통)

버릴 것 하나 없는 귀한 몸으로
운명이었어라!
어부의 발길 따라 뭍에 오르니
철마 멈춰 선 영산포가 알싸하다.

유채꽃 흐드러진 영산강 홍어집

혼절하게 톡 쏘는 맛과 향에 취한다.
남도사투리가 정 때문에 왈왈대면
막걸리 한 사발 둥둥 손을 적신다.
목울대 씰룩씰룩 바다를 삼킨다.

·배롱나무·

어릴 적 너에게 매달려
간지럼 태운 시절 있었지.
두꺼운 겨울을 이긴 꽃들이 필때면
너는
여름 길목에서 매끈한 몸매로
울긋불긋 화사함을 뽐내었지.
누가 꽃을 화무십일홍이라 했던가?
너는 화무백일홍이 아니던가?
온 여름을 여인의 입술로 피어나고
어제 저녁 꽃 한 송이 지고나면
오늘 아침 꽃 한 송이 또 피워
서로 일백일을 바라보며 지켜온 지조
너를 찬양하리라!

작은 학교 모퉁이에 옛 모습 그대로
바람에 흔들리는 분홍의 백일홍
달려가면 추억을 말해주는 배롱나무여!

제4부

- 사색

교회 종소리

·갈무리·

어제 해가 뜨더니
오늘 해가 지누나.

인생
이렇게 빠를 줄이야…

세월은 물과 같이 흘러
너를 기다려주지 않는다 했던가.

정리 정돈 해야겠다.
깨끗이 떠나야
남는 자가 편하다.

옷깃 여미고
하늘이 부르면
박수 치며 떠나자
남은 시간을 후회 없이 살자.
갈무리

·기적 1·

신록을 헤집고 다니는 새
들풀의 노래
푸른 하늘 아래 들리는
봄의 찬양 속에서도
삶을 지탱하려는 사람들의
간절한 소망이
나를 슬프게 한다.

병실 안의 사람들과
병실 밖의 사람들은
소망도 삶도 다르다.

생명의 끈을 심연에서
끌어 올리는 그들에게는
오직 환자복을 벗어버리는
밝은 내일을 바랄 뿐
이 세상의 욕심도 없으리라.

병실 밖
초록을 다해 일어서는 풀잎들
힘찬 기운으로 하늘 뻗은 나무들
고요히 숨죽여 버티는 바위들처럼
그들은 털고 일어서야 한다.
사람 냄새 물씬한 집으로 가야한다.

위로의 인사는 사치였는지 모른다.
병원을 나서는 발걸음이 무겁다.

지금 이토록 건강한 것은 기적이다.
작은 기적이다.

·기적 2·

앙증맞은 들꽃이 말한다.
"저 추운 겨울을 견디었어요."

바람에 살랑살랑
나뭇잎이 말한다.
"저 언 땅속에서도
봄을 기다렸어요."

그저
신기합니다.
그저
감탄입니다.

향기가 납니다.
산에서도 들에서도
생명의 향기가 납니다.
보듬는 이 하나 없이 모진 겨울 이겨낸

모든 것이 기적입니다.

신께서
이 연약한 생명들을
애지중지 품었나봅니다.

·남자의 일생 1·

이 시대의 영웅호걸은
다 어디로 갔는가?
큰소리치며 천하를 호령하던
대장부들은 어디로 갔는가?

병들어 가는 지구 위에서
남자들은 자꾸 자꾸
쪼그라들어간다.

21세기 들어 맹렬한 여성들의
파워는
드디어 여성 상위시대를 만들었다.

청소도 해야 한다.
음식도 만들고
설거지도 해야 한다.
남자들은

밤낮 없이 일하고 통장은
마누라가 관리한다.
용돈은 잘 보여야 쓸 만큼 탄다.

마누라
눈치코치 보며 살아야 한다.
하나님이 계산을 잘못하셨다.
남성호르몬은 감소하고
여성호르몬은 왕성해진 결과다.

아!
옛날이여
남자의 일생은
바람 같고 구름 같더라.

'남자의 일생' 가수 충현

가요 '남자의 일생' 작사/김치동 작곡/김수환

남자의 일생

작사 : 김치동 / 작곡 : 김수환

1. 운명아 비켜라 저리 비켜라 남자의 가는길에
   까만 가슴 쓰라린 상처 세월속에 묻어버렸다
   여자는 슬퍼지면 눈물로 말하지만
   남자는 울지도 못한다
   남자의 일생을 묻지를 마라 바람같고 구름같더라
   각본 없고 연출 없는 드라마더라
   넓은세상 돛단배더라

2. 세월아 비켜라 저리 비켜라 남자의 가는길에
   까만 가슴 쓰라린 상처 추억속에 묻어버렸다
   여자는 슬퍼지면 눈물로 말하지만 남자는 눈물을 삼킨다
   남자의 일생을 말하지 마라 바람같고 구름같더라
   각본 없고 연출 없는 드라마더라
   넓은세상 등불같더라

·남자의 일생 2·

후드득—
세월 스쳐가는 소리 들린다.
남자!
애당초 흙수저로 태어난 운명이라면
얼마나 오랜 세월을
까아만 가슴으로 살았겠느냐?

남자!
빗나간 운명 때문에
인생의 갈림길에서
얼마나 몸부림 쳤겠느냐?

여자는 슬퍼지면 눈물로 말하지만
남자는 울지도 못한다.
아니 눈물을 삼킨다.

남자!

바람 같고 구름 같은 남자의 일생을
오늘도 뜨거운 가슴으로 살아간다.
생의 마지막 순간까지
비굴하게 살지 않으리라.

공무원 시절/전남 여수에서

·노년의 여유·

나이 들어 실직하니 꽃이 보인다.
계절이 바뀌는 소리 들린다.
탁한 하늘에서도
반짝이는 별이 보이고
오늘을 더 버티려는 노을이 보이고
하늘을 나는 새가 보이고
어둠속에서 하늘로 이어가는
십자가의 불빛이 보인다.

세월 앞에 견디지 못하는
인간과 나무와 온갖 동물들
시간 앞에 무엇인들 견디랴?
바람 앞에 무엇인들 고요하랴?

육안은 닫히고
심안은 열려가는 노년의 세월
추억 한 점 가슴에 새기면서

가진 것 비워내고 하늘길 바라보며
마음의 여유를 찾는다.

·노숙자·

인생의 험한 계단을
숨차게 달려오다
모진 돌부리에 넘어졌는가?

고향도 잃어버리고
피붙이도 흩어진 삶
흘려야 할 피눈물도 말랐다.

만날 수 없다면 잊어야지
그리움은 가슴속에 머무는 것
오고가는 발자국 소리에
귀를 세우는 모퉁이의 허전한 삶

추위보다 더한 외로움이
밤하늘의 별처럼 쏟아지면
또 하루를 잠재운 달팽이집 하나

노숙자는 외롭고 배고프다.
삶이 흔들린다.
희망을 상실하고 살면서도

거대한 도시의 빌딩숲에서
태양이 뜨는 내일을 기다린다.

· 로또 ·

그젯밤 꿈
그네 타는 임금님
예감이 좋다.
나
또
로
또
샀다.

어젯밤 꿈
그넷줄 끊어졌다.
예감이 안 좋다.
나
로
또
안
샀다.

영에서 구까지
밤낮으로 공들여
숫자 놀음 엮어보지만
일확천금은 꽝이다.
로또는 꿈이다.

이제는 버리자 하면서도
나
또
로
또
방에 들어선다.

·마중물·

걸어도 걸어도 끝없는 길
울어도 울어도 끝없는 눈물
운명이라 생각하며
체념의 수렁에 빠질 때면

아래로
더 아래로
건지도 닿지 않는
삶의 고요한 아우성

묵상의 빈 몸으로 살자!
희망의 끈을 잡고 오르자!
꽃눈 틔울 겨울나무에게
따뜻한 음성으로 다가서자!
힘든 삶을 맞잡고 손뼉 치는
누군가를 부르자!
인생 열차에 함께 할

사랑하는 사람을 찾아 떠나자!

내 인생의
마중물이 되어줄 사람
그런 사람

·백발·

억지 청춘으로 살아온
검은 머리
실직의 자유를 얻어
있는 그대로
생긴 그대로
백발로 살기로 했다.

백발은 관록이다.
백발은 살아온 이력서다.
백발도 청춘이다.
백발은 백발백중
인생의 정답을 맞히며 산다.

나이 칠십인데
당연한 것을
하늘이 내려준 왕관을
당당히 쓰고 살련다.

·기도 1·

기도는 우주 저편의 조용한 소리를 듣는 것이다
기도란 땅 속 깊은 곳 생명의 흐름을 듣는 것이다.
그리고
아득히 먼 곳에서
실바람에 흔들리는
나뭇잎의 소리를 듣는 것이다
그리고
남쪽 양지 바른 자그마한 산기슭에서
언 땅을 밀어 올리는 꽃향기를 듣는 것이다

기도는
간절한 몸짓으로
하늘 계단을 숨죽여 올라가는 것이다
별들이 쏟아지는 밤에
하나님의 음성을 듣는 것이다

기도는
나를 뒤돌아보고

자아를 버리고
모든 것을 내려놓고
가슴에 고요의 평안이 올 때까지
기다리는 것이다

· 기도 2 ·

편하다.
나를 줄이고
나를 버린다.
고요해지는 것이다.

온갖 소리 지우고
욕심은 삭이고
넓은 마음으로
사랑하며 사는 거다.

겸허히 숨 죽여
피어날 꽃을 그린다.
비바람을 견디는
천년바위의 노래를 듣는다.

솟아나는 샘물처럼

맑은 영혼으로

천국 계단에

오르는 것이다.

·봄날은 온다·

추웠더냐?
겨울이더냐?

낙심 말아라.

겨울을 떨치고 온 사람이
봄꽃을 꺾어 달려온다.
화양연화의 봄처녀
꽃봄으로 다가온다.

봄은
희망을 안고
옹삭은 가난을 녹인다.
겨울 냉기에 찌든 가슴
먼 하늘을 보라.

봄날이 달려온다.

봄날은 온다.

반드시 봄날은 온다.

·새벽바람·

하루를
또 살아야 한다는 사명으로
어제의 그 길을 가노라면
새벽바람은
아침 황금 햇살을 부르며
빗자루 소리로
내 전신을 훑는다.

흔들릴 수 없는 삶
물 뿌리고
마당 쓸 줄도 모르는 이들이
인생을 논하듯
오늘은 누가 누구를
헐뜯고 모함하고 간교를 부릴까?

양심 있는 세상
같이 잘사는 세상

아름다운 세상으로
새벽바람이 불어야 한다.

나무 이파리 흔드는 새벽바람이
아직도 싱그러운 꿈을 깨울 때면
떠오르는 태양은
새벽빛 밝은 눈동자로
나를 지켜보리라.

·좋지 아니한가?·

이른 새벽 새들의 노래
좋지 아니한가?
푸른 계절 꽃들의 향기
좋지 아니한가?
혹한의 때 지나 봄이 온다는 것
좋지 아니한가?
선한 마음으로
진실한
삶을 산다는 것
좋지 아니한가?
노동이 지나고 안식의 밤이 온다는 것
좋지 아니한가?
내일이란 미래가 있다는 것
좋지 아니한가?
오늘 불행해도 내일의 용기 있으니
좋지 아니한가?
하늘의 별들이 영롱하게

빛나는 밤에
묵상하고 기도 할 수 있으니
이 더욱 좋지 아니한가?

·엘리시움*을 향하여·

신과 영웅이 죽어서 가는 천국
언젠가 그곳으로 가리라.
엘리시움을 향해 떠나리라.

인생은 마지막이 있으되
영혼은 소멸이 없나니
나,
태양계를 떠난 보이저1호 타고
엘리시움을 향해 날아가리라.

그곳에는
생명이 자라나고
영혼이 춤추며
영생의 샘물이 솟아나리니…

*엘리시움 : 선량하고 덕이 있는 사람이 죽은 후에 간다고 하는 일종의 극락(이상향)으로 서쪽 끝 바다 가운데에 있으며, 비도 바람도 눈도 없고 1년에 과일을 3회 수확하는 곳

·토렴退染·

세월이 지날수록 인생의 무게는 깊어간다.
사골 국물은 우리고 우려내야 진국이 된다.
인간은 시간을 두고 보아야 진실을 안다.

시골 장터 설렁탕집 할매는
밥 말은 뚝배기를 뒤집고 또 뒤집고
그렇게 사랑을 퍼주었다.

인생 또한 갈고 닦고 수없이 뒤집혀
어느 말년에 시 한 수 읊으며
좋은 사람들과 한 잔 기울이며 노래하여야 한다.

인생들아!
사람들아!

욕심 버리고 사랑으로 살자.

서로를 정으로 엮어

우리 삶을 토렴하며 살아가자.

섞고 섞어 우리들로 살아가자.

·토사구팽兎死狗烹·

사냥꾼의 지략은 뛰어나다.
토끼를 잡아야하는 절박한 현실에서
개 한 마리 잘 기른다.

험한 산길도 마다않는 사냥개는
주인의 의중을 헤아려서
충성을 다한다.

사냥을 마친 탐욕스런 사냥꾼은
감언이설과 간교와 추악함으로
가슴에 감춰둔 비수를 꺼내
늙은 사냥개의 가슴을 찌른다.

인정도 사정도 없다.
오직
이익만을 추구하는 사냥꾼들이
세상에 우글우글

힘없는 자들이여
사악한 주인을
먼저 가려 헤아려라.
토끼를 다 잡아주면 목숨을 잃는다.

·교회 종소리·

절망의 숨소리 내게 다가와
새벽잠 이루지 못할 때
미명 속에 나직한 음성
맑은 생명의 숨결인 양
미약한 내 영혼 깨우는
고요한 삶으로의 부르심

아무에게도
아무것에도
내 청춘 노도 닻도 없이
세상 거센 풍랑에 떠밀려갈 때
멀리
교회 종소리는 구원의 뱃고동이었다.

이제
세태에 밀려 사라진 교회 종소리
영혼을 맑고 거룩한 영토에 머물게 한

종소리의 파동은
가슴 속 아득한 그리움

지금
다시 듣고 싶은
교회 종소리

·무지개·

까무룩 꺼져가는 기억의 저편
어릴 적 무지개가 뜬다.
하늘문을 열고파 달려가면
무지개 자리엔 나의 모습뿐

어린 시절은 어른의 스승
신비와
경이와
몽환의 무지개는
지금 어느 곳에서
하늘 다리를 이어가고 있을까?

빨·주·노·초·파·남·보
일곱 빛깔은 도화지에
아름다운 세상만을 그려왔고
무지개는 꿈으로 피어났지.

지구는 병들어 가고
꿈은 사라지는 세상에서
아픈 마음 다 지우고
가슴에 무지개를 그리자!
일곱 빛깔 꿈을 세우자!

·밤기차·

어둠의 밤이 깊어 두려움에 울었습니다.
고독한 인생의 무거운 짐을 지고
밤기차에 몸을 실어
가여운 마음에 슬피 울었습니다.

쓰린 사연 너무 많아
밤기차는 타려 하지 않았습니다.
어둠이 싫고
고독이 싫고
더욱이 견디기 힘든 가난의 상처 때문에
가슴 막힌 밤기차는 타려 하지 않았습니다.

온통 까만 밤의 기차는
슬픔,
바로 그것이었습니다.

돌이킬 수 없는 시간들

돌아갈 수 없는 과거
모두를 안고 밤기차는 달려갑니다.

세월이 지나 지금의 밤기차는
웬일입니까?
이젠 설렘입니다.
그리움이며 추억입니다.

·봄맞이·

질기게 추운 겨울일수록
목 내밀어 기다리는 봄소식
노오란 영춘화가
어디쯤에서 봄바람에
얼굴 붉히며 서성이고 있을까.

해마다 도지는 봄앓이
곰삭은 그리움으로
뜬구름 인생 되어
길을 나선다.

햇빛 쏟아지는 거리에
어느새 다가서는 봄의 입김
또 봄을 맞는다는 기쁨으로
나의 노래를 부른다.

세상 참 좋아졌다.

지금은 노인들의 천국
지하철 공짜 타는
지공거사 되어
봄이 오는 아산역에 내리면

봄은
시골 아줌마 좌판에
무지무지 열려있다
쑥, 냉이, 도라지, 부추, 미나리, 봄동

충청도 아줌마의 손길이 후하다
봄나물 한 접시에
막걸리 잔 오고가면
너와 나는 없어지고
우리들만 남아
막걸리에 취하고
봄향기에 취하고
살내음 나는 깊은 정에 취한다.

·새벽길·

세상이 아직 깊은 잠에 취한 새벽
꿈길을 가르는 자명종 소리
피곤한 영혼은 눈을 비빈다.
온통
까아만 어둠속에서도
꿈틀대는 삶의 목표를 향해
띄엄띄엄
불빛 사이를 꿈인 듯 걷는다.
그래야지
오늘 하루가 남은 세월의 첫날인데
두 팔을 휘두르며
'남자의 일생'이란 노래를 부른다.
내 하얀 입김이
차가운 겨울을 뿜으면
그래
갈 곳이 있어 좋다
시들지 않은 꿈이 있어 좋다

힘차게 내 딛는 발걸음에
새벽길이 열린다.

·코스모스·

무더운 여름 끝자락에
가을을 열어 주는 꽃

순정의 꽃

비바람이 흔들어도
질긴 생명력으로 오래 피는 꽃

가녀린 몸짓으로
찬서리에도 웃음 짓는 꽃

연천 진상리 교정에서
그녀와의 밀어를 들어주던 꽃

언제
어디서나
너를 만날 수 있어

편안한 누이 같은 꽃

너를 볼때마다
육군 병장 시절의 추억이 새롭다

내 가슴속의 꽃
코스모스

·말뫼의 눈물이여·

밤새 달려온 달이 얼굴 숨기며 쉬려하면
육지에서 가장 먼저 해가 뜨는 곳
간절곶을 품은 울산광역시
항구마다 멸치후릿배노래는 들려 오는데
무룡산 바라본 울산공단 야경은
변함없이 화려하건만
열대야에 잠 못이룬밤 우울한 소식 가슴아프다

말뫼의 눈물이여
이제는 눈물을 거두어라
울산의 눈물이 되어서는 안된다
불황이란 늪에서 거대한 골리앗이 무너진다면
한 도시의 삶은 휘청이는 발걸음에 버거워진다

동대산 신불산 가지산
거대한 봉우리들이 울산을 안으며
높은 정기를 내어주는데 어디 휘청이랴

태평양을 가슴에 안고
대양을 향해 힘치게 달리는데 어디 멈추랴

말뫼의 눈물은
울산의 눈물이 되어서는 안된다
울산은 젊고 푸르다
산도 바다도 푸르다
희망의 물결이 겹겹이 밀려온다

·말이 씨가 된다지·

이른 봄 햇살이 대지위에 스미면
어둠이 비켜간 자리에
새 생명이 돋는다
생동하는 힘
우주의 기운이 상서로이
내 앞을 열어주면
나는
한생을 휘몰아간 지난날을 새기며
입으로 가슴으로 외친다

감사합니다 감사합니다

못내 아쉬운 심지 돋운 논꽃 하나
물소리 가다 멈춰 마른침을 삼켜도
내 가슴 몰아친 뜨건 피의 마지막 말

원수를 사랑하라는 말

내 몸뚱아리 맨땅에 뉘우고
상처를 묻는다는 말
그래
선한 말로 남은 생을 살아야지
미워하지 말아야지
마음도 말도 고와야한다
칼을 세우면 안된다
말이 씨가 된다지

·긍정의 힘·

– 권선복

우리 마음에 긍정의 힘을 심는다면
힘겹고 고된 길 가더라도 두렵지 않습니다.

그 어떤 아픔과 절망이 밀려오더라도
긍정의 힘이 버팀목 되어 줄 것입니다.

지금 당신에게 드리겠습니다.
열린 마음으로 받아들일 수 있는 긍정의 힘.
두 팔 활짝 벌려 받아주세요.

당신의 마음에 심어진 긍정의 힘이
행복에너지로 무럭무럭 자라날 것입니다.

권선복
도서출판 행복에너지 대표이사 happybook.or.kr
지에스데이타(주) 대표이사 gsdata.co.kr
저서 『하루 5분 나를 바꾸는 긍정훈련 – 행복에너지』

·아름다운 사람·

- 권선복

아름다운 사람이 되고 싶습니다

내가 건넨 말 한마디에
모두가 빙그레 미소 지을 수 있는
그런 힘을 가진
아름다운 사람이 되고 싶습니다

내가 보인 작은 베풂에
모두가 행복해할 수 있는
그런 선한 영향력을 가진
아름다운 사람이 되고 싶습니다

하지만 말보다 행동보다
이 내 깨끗한 마음 거짓 하나 없이
모두에게 진정으로 내보일 수 있는
그런 아이같은 순수함을 지닌
아름다운 사람이 되고 싶습니다

·인생은 마라톤·

- 권선복

오르막이 있으면 내리막이 있습니다
한 걸음 한 걸음 쉼 없이 달려왔습니다
중도에 포기하고 싶은 순간도 있었지만
자신에게 긍정의 마법을 걸며 달렸습니다

그 순간 가슴 속에 차는 맑은 공기가,
아름답게 펼쳐지는 세상 풍경들이,
더없이 짜릿한 행복으로 다가왔습니다

된다 된다 모두 잘될 것이다 상상하면
아무리 힘든 순간에도 행복할 수 있습니다
그렇게 긍정과 행복의 에너지를
세상 사람들에게 전파하며 살아가겠습니다

·행복한 마을·

– 권선복

할아버지가 끄는 무거운 손수레를
뒤에서 함께 미는 아이들에게
웃음소리 들립니다

느티나무 그늘 아래 할머니로부터
옛날 이야기 듣는 아이들에게
웃음소리 들립니다

환하고 아름다운
아이들의 웃음소리
맑은 물처럼 샘솟습니다

어른을 따르고 공경하는 아이들
사랑스런 아이들을 향한 어른들의 미소
웃음소리가 가득한 행복한 마을

행복을 부르는 주문.

- 권선복

이 땅에 내가 태어난 것도
당신을 만나게 된 것도
참으로 귀한 인연입니다

우리의 삶 모든 것은
마법보다 신기합니다
주문을 외워보세요

나는 행복하다고
정말로 행복하다고
스스로에게 마법을 걸어보세요

정말로 행복해질 것입니다
아름다운 우리 인생
행복에너지 전파하며 살아가요

남자의 일생

행복을 부르는 주문

권선복
(시민공모작)

이 땅에 내가 태어난 것도
당신을 만나게 된 것도
참으로 귀한 인연입니다

우리의 삶 모든 것은
마법보다 신기합니다
주문을 외워보세요

나는 행복하다고
정말 행복하다고
스스로에게 마법을 걸어보세요

정말 행복해질 것입니다
아름다운 우리 인생
행복에너지 전파하며 살아가요

꼬막 껍질보다 더 단단한 이 남자의 일생을
한 권의 시집에 담아냈습니다

권선복
도서출판 행복에너지 대표이사

여기 한 사람의 인생이 있습니다.

그의 삶은 차가운 바닷가 개펄 속의 꼬막만큼이나 고단했습니다.

요즘 유행하는 '흙수저'보다 더 고된, 그야말로 남도 해남의 개펄 진

흙이 낳은 '펄수저'였습니다. 그에겐 공식적인 졸업장 대신 검정고

시를 거친 합격증들뿐입니다. 그 '펄수저'로 일궈낸 청운의 꿈인 공

무원 합격증조차 운명의 여신의 장난으로 물거품이 되었고, 이 남

자의 수레바퀴는 제멋대로 굴러가버렸습니다.

이후 그는 평생을 자동차 바퀴와 친구가 되어 도시의 한복판을 달리며 삶의 고단함을 온몸으로 겪어냈습니다. 그런데도 이 남자는 집요한 시심詩心을 버리지 못하고 살았습니다. 바보 같기도… 그렇다고 바보라기에는 영특함과 예술적 감각이 너무도 번뜩이는 이 남자….

누군가는 세상에 그런 귀신이 있다고 합니다. 시를 짓게 하는 마귀. 시마詩魔. 시인들은 모두 이 귀신에 홀려 평생을 열정에 시달리다가 세상 소풍을 마칩니다.

이 남자도 시마에 잔뜩 홀렸습니다. 고된 세월 속에서도 부지런히 시를 썼습니다. 그런데 이 남자, 갈수록 태산입니다. 시마도 모자라서 더 큰 신에게 홀린 모양입니다. 젊은 시절의 시마詩魔가 그의 마음을 열정으로 유혹했다면, 이제 하나님은 멀고 먼 길을 돌고 돌아 온 그에게 지극히 고요한 평화와 행복을 주었나 봅니다.

각박하고 절박하고 급박한 세상입니다. 더하여 야박하기까지 합니다. 그러나 우리도 이 시집 한 권을 손에 들고 차분히 이 남자의 삶을 반추해 보노라면, '나도 이 남자의 일생만큼은 행복해질 수 있겠구나.' 하는 위안을 얻으리라 확신합니다. 어딘가에서 이 책을 펼친 독자께 이 '남자의 일생'이 활력을 주는 행복의 종소리로 울려 퍼지기를 바랍니다. 오늘도 행복한 하루 되십시오. 오늘도 감사한 하루 되십시오!

성공하는 귀농인보다 행복한 귀농인이 되자!

김완수 지음 | 값 15,000원

『성공하는 귀농인보다 행복한 귀농인이 되자』는 귀농 · 귀촌을 꿈꿔 본 사람들부터 진짜 귀농 · 귀촌을 준비해서 이제 막 시작 단계에 들어선 분들, 또는 이미 귀농 · 귀촌을 하는 분들까지 모두 아울러 도움을 줄 수 있는 책이다. 농촌지도직 공무원으로 오랫동안 근무하고 퇴직 후에 농촌진흥청 강소농전문위원으로 활동하고 있어서 현장 경험이 풍부한 저자의 전문성이 이 책에 고스란히 녹아 있다고 하겠다.

사장이 직접 알려주는 영업마케팅

이남헌 지음 | 값 15,000원

이 책 『사장이 직접 알려주는 영업마케팅』은 현직 사장인 저자가 직접 몸으로 체득한 '성공 습관'을 기술한 책이다. 시간관리와 목표설정, 비전의 성취에 이르기까지 직장인이 배우고 익혀야 할 회사생활의 기본과 더불어, 저자가 오랫동안 몸담아 온 영업마케팅 분야에 관해 보다 자세한 철학과 가이드를 제시한다. 사회초년생부터 중견관리자까지 유용한 정보들을 얻을 수 있는 '직장생활 필독서'라 할 만하다.

힘들어도 괜찮아

김원길 지음 | 값 15,000원

(주)바이네르 김원길 대표의 저서 『힘들어도 괜찮아』는 중졸 학력으로 오로지 구두기술자가 되기 위해 혈혈단신 서울행에 오른 후 인생의 영광과 실패를 끊임없이 경험하며 국내 최고의 컴포트슈즈 명가, (주)바이네르를 일궈낸 그의 인생역정을 담고 있다. 이러한 인생역정을 통해 김원길 대표가 강조하는 그만의 인생철학, 경영철학 역시 많은 사람들에게 귀감이 될 것이며 존경받는 기업인이라는 것이 무엇인지 보여준다고 할 것이다.

'행복에너지'의 해피 대한민국 프로젝트!
〈모교 책 보내기 운동〉

대한민국의 뿌리, 대한민국의 미래 **청소년·청년**들에게 **책**을 보내주세요.

많은 학교의 도서관이 가난해지고 있습니다. 그만큼 많은 학생들의 마음 또한 가난해지고 있습니다. 학교 도서관에는 색이 바래고 찢어진 책들이 나뒹굽니다. 더럽고 먼지만 앉은 책을 과연 누가 읽고 싶어 할까요? 게임과 스마트폰에 중독된 초·중고생들. 입시의 문턱 앞에서 문제집에만 매달리는 고등학생들. 험난한 취업 준비에 책 읽을 시간조차 없는 대학생들. 아무런 꿈도 없이 정해진 길을 따라서만 가는 젊은이들이 과연 대한민국을 이끌 수 있을까요?

한 권의 책은 한 사람의 인생을 바꾸는 힘을 가지고 있습니다. 한 사람의 인생이 바뀌면 한 나라의 국운이 바뀝니다. **저희 행복에너지에서는 베스트셀러와 각종 기관에서 우수도서로 선정된 도서를 중심으로 〈모교 책 보내기 운동〉을 펼치고 있습니다.** 대한민국의 미래, 젊은이들에게 좋은 책을 보내주십시오. 독자 여러분의 자랑스러운 모교에 보내진 한 권의 책은 더 크게 성장할 대한민국의 발판이 될 것입니다.

도서출판 행복에너지를 성원해주시는 독자 여러분의 많은 관심과 참여 부탁드리겠습니다.

도서출판 **행복에너지** 임직원 일동

하루 5분, 나를 바꾸는 긍정훈련

행복에너지

'긍정훈련' 당신의 삶을
행복으로 인도할
최고의, 최후의 '멘토'

'행복에너지
권선복 대표이사'가 전하는
행복과 긍정의 에너지,
그 삶의 이야기!

인터파크
자기계발 분야 주간
베스트 1위

권선복 지음 | 15,000원

권선복

도서출판 행복에너지 대표
영상고등학교 운영위원장
대통령직속 지역발전위원회
문화복지 전문위원
새마을문고 서울시 강서구 회장
전) 팔팔컴퓨터 전산학원장
전) 강서구의회(도시건설위원장)
아주대학교 공공정책대학원 졸업
충남 논산 출생

책 『하루 5분, 나를 바꾸는 긍정훈련 – 행복에너지』는 '긍정훈련' 과정을 통해 삶을 업그레이드하고 행복을 찾아 나설 것을 독자에게 독려한다.

긍정훈련 과정은 [예행연습] [위밍업] [실전] [강화] [숨고르기] [마무리] 등 총 6단계로 나뉘어 각 단계별 사례를 바탕으로 독자 스스로가 느끼고 배운 것을 직접 실천할 수 있게 하는 데 그 목적을 두고 있다.

그동안 우리가 숱하게 '긍정하는 방법'에 대해 배워왔으면서도 정작 삶에 적용시키지 못했던 것은, 머리로만 이해하고 실천으로는 옮기지 않았기 때문이다. 이제 삶을 행복하고 아름답게 가꿀 긍정과의 여정, 그 시작을 책과 함께해 보자.